Raymo

Marilou Polaire
et le petit pois

Illustrations
de Marie-Claude Favreau

À Clémence, ma VRAIE petite princesse.

*Cette histoire veut saluer Hans Christian Andersen,
grand écrivain danois, auteur de nombreux contes,
dont un des plus célèbres est* La princesse au petit pois.

la courte échelle

Les éditions de la courte échelle inc.
5243, boul. Saint-Laurent
Montréal (Québec) H2T 1S4

Direction artistique:
Annie Langlois

Révision:
Céline Vangheluwe

Conception graphique de l'intérieur:
Derome design inc.

Mise en pages:
Sara Dagenais

Dépôt légal, 3ᵉ trimestre 2006
Bibliothèque nationale du Québec

La courte échelle reconnaît l'aide financière du gouvernement du
Canada par l'entremise du Programme d'aide au développement de
l'industrie de l'édition pour ses activités d'édition. La courte échelle
est aussi inscrite au programme de subvention globale du Conseil
des Arts du Canada et reçoit l'appui du gouvernement du Québec par
l'intermédiaire de la SODEC.

La courte échelle bénéficie également du Programme de crédit d'impôt
pour l'édition de livres — Gestion SODEC — du gouvernement du
Québec.

Catalogage avant publication de Bibliothèque et Archives Canada

Plante, Raymond, 1947-2006

Marilou Polaire et le petit pois

(Premier Roman; PR154)
Pour enfants de 7 à 9 ans.

ISBN 2-89021-863-5

I. Favreau, Marie-Claude. II. Titre. III. Collection.

PS8581.L33M372 2006   jC843'.54   C2006-940844-0
PS9581.L33M372 2006

Imprimé au Canada

Raymond Plante

Écrivain et scénariste, Raymond Plante a écrit énormément, et surtout pour les jeunes. Auteur d'une quarantaine de livres jeunesse, il a participé à l'écriture de centaines d'émissions de télévision. Il a d'ailleurs été récompensé à plusieurs reprises pour ses oeuvres littéraires. Il a reçu, entre autres, le prix de l'ACELF pour *Le roi de rien*, publié dans la collection Roman Jeunesse, ainsi que le prix du Conseil des Arts et celui des Livromaniaques pour *Le dernier des raisins*. Il a également été finaliste au Prix du Gouverneur général, texte jeunesse, pour *Marilou Polaire et l'iguane des neiges*, paru dans la collection Premier Roman. À la courte échelle, il a aussi publié quatre livres pour les adultes.

Auteur prolifique et amoureux des mots, Raymond Plante a toujours voulu transmettre sa passion en enseignant la littérature, en donnant des conférences et des ateliers d'écriture et en participant à de nombreuses rencontres avec les jeunes dans les écoles et les bibliothèques.

Marie-Claude Favreau

Marie-Claude Favreau est née à Montréal. Elle a étudié en arts plastiques, puis en traduction. Pendant quelques années, elle a été rédactrice adjointe des magazines *Hibou* et *Coulicou*, avant de revenir à ses premières amours, l'illustration. Depuis, elle collabore régulièrement au magazine *Coulicou*. Mais, même quand elle travaille beaucoup, Marie-Claude trouve toujours le temps de dessiner, pour ses deux enfants, des vaches et d'indestructibles vaisseaux intergalactiques qui vont mille fois plus vite que la lumière.

Note

Pour celles et ceux qui ne connaîtraient pas le conte *La princesse au petit pois* ou qui l'auraient oublié, c'est l'histoire d'un prince qui voulait épouser une VRAIE princesse. Il était désespéré parce qu'il n'en trouvait aucune qui soit VRAIE.

Un soir de pluie, une jeune fille a frappé à la porte de la ville. Le roi est allé ouvrir. La jeune fille a déclaré qu'elle était une princesse et qu'elle demandait l'hospitalité pour la nuit. Une VRAIE princesse?

Pour vérifier la chose, le roi et la reine ont proposé à la jeune fille de coucher sur vingt matelas et vingt édredons de plumes.

En secret, la reine a placé un petit pois sous cet incroyable amoncellement.

Le lendemain matin, la reine a demandé à la jeune fille si elle avait bien dormi.

— Terriblement mal, a-t-elle répondu. Je n'ai pas fermé l'oeil de la nuit. J'ai couché sur quelque chose de dur et j'en ai le corps couvert de bleus.

Le roi et la reine ont conclu que cette jeune fille était une VRAIE princesse puisque seule une VRAIE princesse pouvait avoir la peau aussi délicate.

Le prince l'a prise pour épouse. Et le petit pois? Il a été placé parmi les objets précieux du royaume, ceux qui valent une fortune.

1
Le conte du petit pois

— C'est une histoire à dormir debout, lance Marilou Polaire. Un petit pois de rien du tout ne peut pas blesser quelqu'un comme ça.

— Parfois, un petit problème peut causer de gros soucis, réplique Ti-Tom Bérubé en enfonçant sa casquette de baseball sur son crâne. Un jour, un minuscule caillou s'est glissé dans ma chaussure. Crois-moi, j'ai eu beaucoup de difficulté à courir.

— C'est parce que les joueurs de baseball sont trop douillets.

L'explication de la petite fille

fait rougir Ti-Tom. Douillets, les joueurs de baseball? Allons donc!

— Chose certaine, grogne le sportif, une princesse ne pourrait jamais devenir un joueur de base-ball. Si un petit pois dissimulé sous un tas de matelas lui fait mal, imagine ce qui arriverait si elle recevait la balle sur le nez.

Jojo et Zaza Carboni rigolent de bon coeur. Elles ont passé l'après-midi à dessiner toutes

sortes de personnages de contes.

— Et pourquoi une vraie prin-cesse irait-elle mettre son nez devant une balle de baseball? questionne Jojo en levant un doigt encore taché de peinture à l'eau.

— Plutôt que de jouer à la balle, une princesse préfère val-ser au bal, ajoute Zaza.

Boris Pataud, qui a bien hâte de retrouver son iguane, met son grain de sel.

— On ne va pas se chicaner

pour si peu. De toute façon, ce qui arrive dans les contes, ce n'est jamais vrai. En tout cas, ce n'est pas scientifiquement prouvé.

Cette discussion a commencé en sortant de l'école. Manon Lasource, l'enseignante, leur avait raconté *La princesse au petit pois*.

Cette histoire est un peu tirée par les cheveux, bien sûr. Mais qu'est-ce que Marilou, Ti-Tom, Boris et les soeurs Carboni connaissent des vrais princes et des vraies princesses?

— Un jour, j'aimerais bien devenir une princesse, avoue Zaza avec un air rêveur. La princesse Zaza.

— Et moi, je serais le prince Gaga, poursuit Ti-Tom en imitant un singe.

Boris lève les yeux au ciel.

— Je vous laisse avec vos discussions. Je vais retrouver Charlotte, ma vraie princesse.

Dès que l'école est finie, cet amoureux des animaux ne pense qu'à une chose: inviter son iguane à venir sur son épaule. Il sent déjà son souffle dans son cou. Pour lui, rien n'est plus doux.

Au coin de la rue, la petite bande se sépare.

Seule, Marilou reste songeuse. Elle ne croit pas que l'on puisse

identifier les véritables princesses grâce à un petit pois. C'est impossible.

Pourtant, ce soir-là, au moment de se mettre au lit, l'idée la taraude encore.

Si c'était vrai, hein! Ah! s'ils existaient réellement, tous ces personnages inventés: les princes charmants, les jolies princesses, les bonnes fées, les méchantes sorcières, les citrouilles qui se transforment en carosses, les rois et les reines, les chevaliers et leurs chevaux décorés, les dragons, les monstres de la montagne... si c'était vrai tout cela!

En avalant son biscuit du soir, la petite fille fouille dans les armoires de la cuisine. Elle trouve enfin le sac de pois. Son père aime bien faire de la soupe aux pois, en y ajoutant des petits morceaux de carottes et de jambon.

Discrètement, Marilou prend un petit pois

— Bonne nuit, mon papou, dit-elle en embrassant son père.

— Fais de beaux rêves, mon pou, murmure Marlot.

Aussitôt dans sa chambre, la

petite fille glisse le pois sous son matelas. Mais celui-ci ne lui semble pas bien épais. Elle étend par-dessus un matelas de camping déjà gonflé, puis y déroule un sac de couchage.

Ce n'est pas assez. Elle déniche des coussins, entasse les manteaux d'hiver, ses vieux oursons en peluche, d'autres couvertures.

Maintenant, son lit a l'allure d'un club-sandwich. Elle y grimpe de peine et de misère. Plutôt qu'un club-sandwich, c'est un gâteau à dix étages et Marilou ressemble à la cerise posée sur le dessus.

— Qu'est-ce que tu fabriques, mon pou?

La petite fille éteint la lumière juste au moment où son père ouvre la porte.

— Rien, mon papou. Je dors.

— Tu ne veux pas que je te raconte une histoire?

— Non merci. Je ronfle déjà.

Et Marilou fait semblant de ronfler. Elle exagère un peu. Bientôt, ses ronflements retentissent comme des roulements de tonnerre. Ils réussissent à l'endormir.

Et l'orage gronde… gronde de plus en plus fort.

2
Le rêve en soi

Marilou Polaire rêve. Elle est une jeune princesse oubliée. Elle marche à l'aventure. Il pleut. Elle est trempée de la tête aux pieds.

C'est la nuit. Elle arrive à la porte d'une ville inconnue.

Toc, toc, toc!

— Qui est là?

— La princesse du petit bois, s'entend-elle répondre en claquant des dents.

La porte de la ville s'ouvre. Un roi apparaît. Un roi de coeur qui ressemble à Marlot Polaire, le père de la fillette.

— C'est bien vrai que tu es

une princesse? demande le roi qui ne la reconnaît pas.

— Aussi vrai que deux et un font trois.

— Entre. Viens te sécher et te reposer.

Le roi de coeur entraîne Marilou vers son château de cartes où l'attend la reine. Surprise! Cette reine est nulle autre que Carmina Carboni, la mère des

soeurs du même nom.

— Cette demoiselle se prétend une princesse, déclare le roi.

— C'est ce qu'on va vérifier, chantonne Carmina qui se prend pour une chanteuse d'opéra.

Devant le feu de bois, Marilou se réchauffe pendant quelques instants. Puis la reine la conduit à une chambre.

D'un seul coup d'oeil, la petite fille comprend qu'elle est en plein conte de fées. Dans cette chambre, il y a un lit sur lequel s'empilent vingt matelas et vingt édredons de plumes.

— Vous voulez me faire le truc du pois! s'exclame-t-elle.

— Le truc du quoi? s'étonne Carmina.

Marilou décide de jouer le jeu. Elle escalade ce club-sandwich tout mou et, une fois bien installée, elle commence à ronfler.

Dans son rêve, Marilou se met à… rêver. Les rêves vous transportent parfois au pays des fées. D'autres fois, dans celui des cauchemars. Souvent aussi, le pays des fées est peuplé de cauchemars.

Marilou roupille depuis un moment lorsqu'on frappe à la porte.

— Qu'est-ce qu'il y a?

— C'est l'heure du petit déjeuner.

Marilou sort sa tête de la pile de couettes où elle s'est enfouie. Dans l'encadrement de la porte, Jojo et Zaza Carboni apparaissent, portant des toques et des tabliers de cuisinières. Marilou ne sait plus si elle est dans un rêve ou si on lui joue un tour.

— Qu'est-ce que vous faites là?

— Nous sommes venues réveiller la prétendue princesse, réplique Jojo.

— Et lui demander si elle veut des œufs à la coque ou du pain doré, ajoute Zaza.

— Du pain doré et encore deux minutes de sommeil.

Zaza pousse une échelle vers l'immense gâteau qu'est devenu le lit.

— Pas question, tranche-t-elle. Le roi et la reine t'attendent.

Aussi fripée qu'une vieille pomme, Marilou descend du lit où elle était juchée.

3
Le petit déjeuner du roi

Dans la salle à manger du château, le roi Marlot Ier et la reine Carmina sont assis à la table. Ils portent de longues robes de chambre royales.

— Bonjour, s'écrie Marlot. Voici maintenant l'heure de vérité.

— Il est trop tôt, riposte la petite fille en frottant ses yeux bouffis.

Marilou s'assoit sur une chaise dont le dossier est sculpté de têtes de dragons.

— Voyons voir si tu es une vraie princesse, déclare Carmina.

«Évidemment», pense Marilou en jouant celle qui ne comprend pas.

— Moi, Marlot Ier, j'ai un fils. Il s'agit du prince Ti-Tom le Terrible.

— Ti-Tom le Terrible! pouffe Marilou qui s'empresse de cacher son fou rire.

— Oui, enchaîne Carmina, et notre brave Ti-Tom veut épouser une véritable princesse.

— Très bonne idée, approuve

Marilou. Avant d'accepter, j'aimerais voir une photo de ce terrible prince.

La reine Carmina et le roi Marlot ne paraissent pas d'humeur à rigoler. Le roi fronce même les sourcils.

— Il faut d'abord prouver que tu es une vraie princesse. Comment as-tu dormi, cette nuit?

— Comme une bûche, dit Marilou. Euh… je veux dire…

Elle n'a pas le temps de se reprendre.

— Tu n'as eu aucun malaise?

— Euh… si, assure Marilou. Quelque chose de dur qui m'a fait mal… euh… au genou.

Elle montre aussitôt son genou égratigné. Marlot et Carmina se penchent pour l'examiner de plus près.

— Cela ressemble plutôt à un petit bobo que tu t'es fait à bicyclette, suppose Marlot.

— D'accord, admet la petite fille. Je suis tombée en vélo. Mais ici, sur le devant de ma jambe, le bleu…

— Un coup de pied que tu as reçu en jouant au soccer.

Marilou est désemparée. Ce roi connaît trop bien sa vie.

— Et regardez cette ampoule, insiste Marilou en glissant sa main sous le nez de Marlot Ier.

— Ça, c'est quand tu m'as aidé à faire un gâteau. Tu as tourné la cuillère de bois trop longtemps. Mais le gâteau était bon en ti-pépère!

La petite fille commence à bouillir. À quoi sert de devenir une princesse dans un rêve si personne ne veut jouer le jeu?

— Maintenant, c'est clair, conclut Carmina Carboni avec sa voix de soprano, tu n'es pas digne de Ti-Tom le Terrible. Tu n'es pas une véritable princesse.

— Ah oui? Eh bien, prouvez-le-moi, s'entête Marilou.

— Une vraie princesse ne se promène pas à bicyclette, elle ne joue pas au soccer et ne fait pas de gâteaux, même délicieux.

La fillette n'a pas envie de rire.

— D'accord. Je l'avoue: je ne suis pas une princesse. De toute façon, la vie de princesse est beaucoup trop ennuyeuse pour moi. Pas de bicyclette, pas de soccer, pas de gâteaux…

À ce moment précis, Jojo et Zaza, les cuisinières, entrent avec les assiettes de pain doré. Ça sent très bon! Ça sent les petits déjeuners du samedi que prépare Marlot Polaire, quand il ne joue pas les rois de coeur.

— Je mange d'abord ce pain doré, conclut Marilou qui a l'eau à la bouche, et ensuite je déguerpis.

— Bon appétit! crient les soeurs Carboni.

Le roi et la reine doivent être aussi gourmands que la petite fille. Ils se servent quelques tranches appétissantes en les nappant de délicieux sirop d'érable.

— Tu ne peux pas t'en aller comme ça, dit le roi, la bouche pleine.

— Et pourquoi? s'informe Marilou, la bouche aussi pleine.

— Parce qu'il faut nous redonner le petit pois, précise Carmina

Carboni qui a peut-être la bouche la plus pleine des trois.

— Je pensais qu'un vrai roi et une vraie reine ne parlaient jamais la bouche pleine, dit Marilou. Ce n'est pas très poli.

— Trêve de plaisanterie! s'impatiente le roi. Je veux mon pois.

— Le pois? Bon, je vais le chercher de ce pas.

Marilou se lève de table, puis fait une révérence. Elle regagne sa chambre et commence à fouiller sous les matelas et les édredons. Elle a beau retourner tout à l'envers, elle ne trouve pas l'ombre d'un pois.

— Votre petit pois n'est pas là! hurle-t-elle en revenant dans la salle à manger.

— Sans le petit pois, tu ne pars pas.

— C'est complètement idiot.

— Il n'y a rien d'idiot là-dedans, gronde Marlot. Le pois du roi ne doit pas traîner n'importe où.

— Et sans lui, ajoute la reine Carmina, comment allons-nous trouver une vraie princesse?

— Vous me cassez les pieds avec votre vraie princesse.

Marilou se précipite vers la porte et tente de l'ouvrir. Peine perdue, elle est verrouillée.

— Est-ce que je suis prisonnière? grogne Marilou.

— Juste à moitié. Tu seras prisonnière quand mes gardes te jetteront dans le trou noir du donjon. Je veux mon pois!

Marilou constate que son rêve prend une drôle de tournure. Quelle affaire pour un simple petit pois...

«Si j'avais un tire-pois, pense-t-elle, ce roi de pacotille en recevrait un derrière la tête. Ça ferait bing sur sa couronne.»

— Je vais le retrouver, votre fameux petit pois, jure Marilou. Laissez-moi fouiller le château de fond en comble.

— Tu as dix minutes, dit le roi.

4
La soupe aux pois

«Dix minutes! Des gardes invisibles, un donjon inventé, je vis un véritable cauchemar, songe Marilou. Si je ne parviens pas à sortir de ce fichu château, il faudra que je me réveille au plus vite.»

Dès qu'elle quitte la salle à manger, le petit nez de la fillette se met à bouger. Quelle bonne odeur! On dirait de la soupe.

Ça vient de… Eh oui, de la cuisine du château. Le domaine de Jojo et Zaza Carboni. Au lieu de peindre les murs ou de dessiner au plafond, comme elles le

feraient dans la vraie vie, elles remuent le contenu d'un énorme chaudron.

— Vous n'êtes plus des artistes? demande Marilou.

— Nous ne sommes plus les filles de Picasso, mais les favorites des pique-assiettes, dit Jojo.

— Nous préparons les pique-niques du roi, précise Zaza.

— Parlant du roi, vous n'auriez pas vu son pois?

— Un pois? s'étonne Zaza. Nous en avons plein la soupe. Regarde. Une bonne soupe aux pois avec des morceaux de carottes, des cubes de jambon et des centaines de petits pois. C'est merveilleux.

— J'en veux seulement un. Un seul petit pois.

— Il faudrait que tu sautes

dans la soupe, explique Jojo. Nous les avons tous mis dedans.

Marilou leur raconte sa mésaventure. Elle doit retrouver le pois du roi, sinon elle ne pourra jamais s'en aller.

— Mais ce n'est pas un pois pour faire la soupe, conclut Zaza. C'est un pois en bois.

— Un pois en bois?

— Oui, dit Jojo. Un pois en bois qui donne des bleus aux princesses. Les vraies princesses, bien entendu.

Marilou n'est pas au bout de ses peines. Un pois en bois. Où peut-elle trouver cela?

— Nous avons constaté que tu es plutôt gourmande, dit Jojo. Peut-être l'as-tu avalé?

— Et comment aurais-je fait cela?

Jojo et Zaza semblent un peu gênées.

— Nous t'avons épiée, avoue Jojo. Nous nous demandions si tu étais une véritable princesse. Nous avons tout de suite compris que ce n'était pas le cas. Tu ronflais comme un boeuf.

— Je ronflais?

— Oui, poursuit Zaza. Et les vraies princesses ne ronflent jamais.

Si Marilou Polaire avait goûté à la soupe des soeurs Carboni, il est certain que quelques pois lui sortiraient par les oreilles. Toutes ces interdictions qui affligent les princesses commencent sérieusement à l'énerver.

— Cette histoire m'assomme. Premièrement, je ne veux plus être une princesse, ni une vraie ni une fausse. Deuxièmement, je n'ai pas mangé le pois du roi.

— Si tu l'as avalé en ronflant, tu n'as pas pu t'en rendre compte. Mais il y a un moyen de le savoir.

— Lequel? s'impatiente Marilou.

— On t'emmène chez le vétérinaire.

— Les vétérinaires soignent les animaux.

— Ce sont aussi d'excellents docteurs. Suis-nous.

Sur le feu, la soupe aux pois mijote. En partant, Marilou la regarde avec une certaine tristesse. Un bol de soupe aux pois, ça lui remonterait le moral…

5
Grand-duc Boris Pataud, vétérinaire et docteur

Pour se rendre chez le docteur Pataud, les couloirs sont longs. Très longs. Et il y a d'innombrables portes. Comme dans les rêves, on dirait des portes qui ne servent à rien. Ou qui cachent d'étranges secrets.

Une de ces portes semble trembler. Derrière elle, on entend le bruit d'un moteur lancé au galop qui rugit.

— Qu'est-ce que c'est? s'inquiète Marilou.

— La chambre du prince au bois dormant, répond Zaza.

— Parce qu'il y a un autre

prince dans ce château de cartes?

— Non. C'est encore Ti-Tom le Terrible. En dormant, il fait un vacarme d'enfer. Il se lève très tard aussi. Vers midi, et, crois-nous, il est souvent de mauvais poil.

— Pourquoi? Ah! je sais, c'est quand il joue au baseball et que son équipe perd.

— Pas du tout, dit Zaza. Un prince ne joue jamais au base-ball. Non, il se fâche davantage d'un jour à l'autre parce qu'il ne trouve pas de vraie princesse à épouser.

Marilou Polaire grimace.

— S'il était plus gentil, peut-être en apprivoiserait-il une. Et puis, ses parents sont certaine-ment responsables de son mal-heur avec leur histoire de pois.

Les trois filles poursuivent leur route dans les interminables couloirs. Elles atteignent enfin une porte au-dessus de laquelle il est écrit: «Grand-duc Boris Pataud, vétérinaire du roi».

Jojo frappe. La porte s'ouvre.

— Vous désirez?

Charlotte, l'iguane, accueille les visiteuses.

— Je veux voir le grand-duc Boris.

— Entrez.

Quelques secondes plus tard, le grand-duc arrive. Il a l'air d'un magicien avec son chapeau pointu et le stéthoscope qui pend à son cou.

— Excusez-moi, j'étais en train d'examiner les dents du crocodile du chevalier de la Salière. C'est une bête très fragile et extrêmement sensible. Il est toujours malade. Que me vaut le plaisir?

Comme si elle désirait aussi écouter Marilou, Charlotte vient s'installer sur l'épaule de son maître.

— Je cherche un petit pois.

— Le pois du roi, spécifie Zaza Carboni.

Boris, sérieux comme un important médecin, secoue la tête.

— Je vois. C'est important pour le prince.

— On raconte que je l'ai avalé sans m'en rendre compte.

— Vous avez avalé le prince?

— Non, soupire Marilou Polaire, le pois du roi.

— C'est possible. Il faut vérifier. Ouvrez la bouche.

Marilou ouvre toute grande la bouche. Boris Pataud, qui est un charlatan comme tous les docteurs de son temps, allume un

feu de Bengale et tente de jeter
un coup d'oeil sur la gorge de la
petite fille.

— Très belles amygdales,
constate-t-il avec admiration. Et
aucune carie dentaire. Vous bu-
vez du lait tous les jours et ne
mâchez pas trop de gomme, j'en
suis certain.

En refermant la bouche, Marilou réussit presque à mordre un doigt du grand-duc et à trancher la tête curieuse de Charlotte.

— Je ne veux pas avoir de nouvelles de mes amygdales ou de mes dents. Je désire savoir si vous voyez le pois du roi.

— Il est trop loin. Il faut que j'écoute votre estomac.

Boris place son stéthoscope sur le ventre de Marilou. Cette dernière prend de grandes respirations.

— Cessez de respirer, ordonne le docteur, cessez d'avaler. Faites une danse du ventre.

La petite fille a beau faire tourner son nombril dans tous les sens, le grand-duc n'entend rien.

Il regarde les soeurs Carboni.

— Il faut la secouer comme un tapis.

Aussitôt, les deux cuisinières attrapent Marilou par les bras et les jambes et la secouent. Boris colle son oreille sur le ventre de la fillette.

— Ça gargouille, bafouille-t-il. Mais je n'entends pas le cri du petit pois.

— Depuis quand les petits pois peuvent-ils crier? hurle Marilou qui tremble de tous ses membres.

— Depuis quand me réveille-t-on aussi tôt le matin?

Dans l'encadrement de la porte se tient le prince Ti-Tom le Terrible. Il porte un pyjama avec des lapins et des pantoufles en poil de chameau échevelé.

— Le prince au bois dormant! s'écrient Jojo et Zaza en même temps que Boris.

Tous les trois se penchent pour saluer bien bas Son Altesse Royale. Ti-Tom le Terrible tape du pied. C'est sa manière de manifester sa très mauvaise humeur.

6
Le prince pas charmant

Pendant que les autres attendent un signal pour se redresser, Marilou Polaire reste bien droite. Elle garde le nez en l'air, comme si elle était prête à défier une armée entière.

— Prince Ti-Tom le Terrible!

— C'est bien moi.

— Vous n'êtes pas très impressionnant. Je suis contente que vous soyez réveillé. On m'a tellement parlé de vous. Aussi bien vous le dire tout de suite: je n'ai aucune envie de vous épouser. Je préférerais embrasser une grenouille plutôt qu'un prince de votre espèce.

— Chut! soufflent en duo les cuisinières.

— On ne parle pas comme ça au prince, conseille le vétérinaire.

Charlotte se contente de poser les pattes sur ses yeux.

— Et puis vous n'êtes pas un prince charmant, poursuit Marilou.

Ti-Tom le Terrible grogne un peu. Il hésite.

Finalement, il sourit.

— Vous êtes très sympathique, princesse.

— Je ne suis pas une princesse.

— Ah! encaisse le prince. Et que fait une fillette qui ne se prend pas pour une princesse?

— Elle dit la vérité, c'est tout. Vous cherchez une vraie princesse. Moi, je suis une vraie petite fille. Et je suis perdue dans un rêve. Dites-moi tout de suite si vous savez où se trouve le pois du roi, qu'on en finisse.

— Le pois du roi?

Ti-Tom se met à rire. Il a l'attitude de quelqu'un qui a fait une bonne blague.

— Je l'ai caché dans le petit bois. Je suis fatigué que l'on se fasse du souci pour une histoire de pois.

Pendant la conversation, Zaza, Jojo et Boris, libérés d'un poids énorme, se sont redressés.

Ti-Tom le Terrible regarde Boris.

— Grand-duc, mon cheval est-il prêt?

— Oui, sire, j'ai réparé son moteur à vapeur, répond le vétérinaire.

— À la bonne heure.

Le Terrible se tourne vers la simple petite fille.

— Je change de vêtements et je vous emmène. Allons nous balader dans le petit bois.

Le prince s'en va en trottinant. Pendant son absence, Boris installe une selle double sur le dos d'un cheval qui ressemble étrangement à une moto.

Lorsque Ti-Tom le Terrible revient, il porte un blouson de cuir et une casquette de baseball dont il a mis la visière en arrière.

— Je n'ai jamais fait de rêve aussi fou que celui-là, affirme Marilou Polaire.

— On y va, dit le prince.

Marilou monte derrière lui.

— Je vais vous montrer où j'ai caché ce petit pois.

Aussitôt, le moteur du cheval pétarade. Le prince démarre en trombe. Il roule dans les grands couloirs du palais.

Peu à peu, Ti-Tom prend de la vitesse. Les pneus hurlent. Le cheval-moto va-t-il s'écraser contre un mur? Non, il saute par une fenêtre et atterrit au milieu de la rue.

À la porte de la ville, le roi de coeur fait de grands signes. Il souhaite peut-être avertir son fils qu'il ne transporte pas une vraie princesse. À moins qu'il veuille lui donner une contravention pour excès de vitesse.

Le prince ne le regarde même pas. Sa monture traverse la porte, qui se déchire comme une feuille de papier journal.

Marilou a l'impression d'être transportée dans un jeu vidéo tant le paysage défile à toute allure.

Ils atteignent une clairière. Ti-Tom le Terrible fonce toujours. Marilou s'accroche.

Puis la forêt devient de plus en plus dense. Ti-Tom l'imprudent ne ralentit pas. Il roule sur de grosses racines et sa monture bondit.

Marilou n'ose plus respirer. Tout va trop vite pour elle.

Soudain, le cheval-moto fait une embardée. Ti-Tom se cramponne à la tête de son cheval, se couche sur son cou. Il s'envole.

La petite fille ne voit pas l'énorme branche sur laquelle elle se cogne la tête. Elle tombe… lourde… très lourde…

7

Marlot et son petit doigt

— Mon pou! Réveille-toi.

Marlot Polaire est désemparé. C'est à peine s'il aperçoit les pieds de sa fille parmi les coussins, les matelas, les manteaux d'hiver et les vieux oursons en peluche. Il écarte quelques toutous.

— Réveille-toi.

Marilou Polaire ouvre un œil. Puis un deuxième. Enfouie sous un manteau, elle ne voit rien. A-t-elle été catapultée dans un autre conte? Est-elle devenue la belle au bois dormant?

Une main la soulève.

— Qu'est-ce que tu fais avec tous ces coussins?

La fillette a beau avoir la tête en bas, elle reconnaît le roi de cœur.

Elle cligne des yeux.

— Vous voulez votre pois?

— De quel pois parles-tu? demande Marlot en assoyant Marilou sur le lit.

— Le pois du roi.

— C'est un roi à la noix. La fille de Marlot Polaire ne sera jamais une princesse.

— Pourquoi?

— Parce que je ne suis pas un roi.

— Qui te l'a dit?

— Mon petit doigt.

Marlot sourit et caresse les cheveux en bataille de sa petite espiègle.

— Allez, hop! C'est le petit déjeuner. Tu veux du pain doré, mon pou?

— J'en ai déjà mangé… Euh… d'accord, papou.

Marilou se lève. Elle se sent

un peu fripée, comme quelqu'un qui aurait dormi trop longtemps.

— Ah oui, dit Marlot, Jojo Carboni a appelé. À moins que ce soit Zaza.

— Qu'est-ce qu'elle voulait?

— Nous inviter au cinéma en compagnie de Carmina. Il paraît que c'est un film qui s'appelle *La petite sirène*. C'est tiré d'un conte d'Andersen. Tu le connais?

Table des matières

Dans la même collection, à la courte échelle: